La Bête maléfique

Les Éditions du Boréal remercient le Conseil des Arts du Canada
ainsi que le ministère du Patrimoine canadien et la SODEC
pour leur soutien financier.

Les Éditions du Boréal bénéficient également du Programme de crédit
d'impôt pour l'édition de livres du gouvernement du Québec.

© Les Éditions du Boréal 2005
Dépôt légal : 1er trimestre 2005
Bibliothèque nationale du Québec

Diffusion au Canada : Dimedia
Distribution et diffusion en Europe : Les Éditions du Seuil

Données de catalogage avant publication (Canada)
    Merola, Caroline
    La Bête maléfique
    (Boréal Maboul)
    (Le Monde de Margot ; 11)
    Pour enfants de 6 ans et plus.
    ISBN 2-7646-0359-2
    I. Titre. II. Collection. III. Merola, Caroline. Monde de Margot ;
11.
PS8576.E735B47   2005   jC843'.54   C2005-940124-9
PS9576.E735B47   2005

La Bête maléfique

texte et illustrations
de Caroline Merola

Boréal Maboul

1

Un chien de pierre

Margot avait hâte de partir au bord de la mer avec sa famille. Elle s'imaginait nageant comme une sirène parmi les poissons. Elle se voyait ramassant de pleins seaux de coquillages multicolores.

Pauvre Margot! Elle a vite été déçue. L'eau est si froide que seuls ses trois frères sont assez fous pour se baigner jusqu'au cou. Et la plage est jonchée de petits cailloux blancs piquants, il n'y a aucun coquillage.

Margot s'ennuie.

Mais, puisque toute la famille a l'air heureuse, elle ne se plaint pas.

Aujourd'hui, son père et ses frères s'amusent à distinguer des formes parmi les rochers qui bordent la plage.

Ici, on croirait voir une tête de cheval. Là-bas, un bonhomme accroupi.

— Regarde, papa ! s'exclame Jacques. En haut de la colline, on dirait un éléphant !

— Un éléphant ? répète son père. Ah ! oui, la trompe, les oreilles. Tu as raison.

Plutôt que de chercher au loin, Margot observe autour d'elle. Elle remarque tout à côté un amas de roches.

— Regardez ici ! lance-t-elle. On dirait un chien couché.

Ses frères s'approchent.

— Hein ? Où ça ? fait Pierre. Moi, je vois plutôt une tête de lapin.

— Moi, un sandwich géant, rigole Jean. Avec le jambon qui dépasse…

— Non, c'est un chien ! s'obstine Margot. On le voit très bien. Ici, ses oreilles. Là, ses pattes.

Tout en donnant ses explications, elle pose la main sur le chien de pierre.

La surface, chauffée par le soleil, est tiède et rugueuse.

Soudain, Margot se fige. Elle a senti sous sa main une vibration.

Comme les battements sourds et réguliers d'un petit moteur.

Ou les battements d'un cœur…

Margot se garde bien de parler de sa découverte. Ses frères se moqueraient d'elle. Chacun sait qu'aucun cœur ne peut battre dans le roc.

Elle attend que Pierre, Jean et Jacques s'éloignent un peu.

Puis elle colle son oreille contre la pierre. Encore ! Margot entend à nouveau les petits coups qui semblent venir de l'intérieur.

— Comme la nature est mystérieuse ! se dit-elle.

Sa mère l'observe en souriant.

— Es-tu fatiguée, ma poupée ?

— Non, pas du tout, répond Margot en se relevant.

— Viens, allons rejoindre ton père et tes frères. Ils partent faire une promenade le long de la plage.

Mais Margot ne veut pas quitter son chien de pierre.

— Je préfère rester ici, maman.

— Alors, je reste avec toi.

La maman s'installe pour lire non loin de sa fille. Margot pose sa serviette sur le sol. Elle s'appuie contre le flanc du chien immobile. Elle reste ainsi un bon moment avant de dire tout haut :

— Tu es très confortable, gros chien. Je viendrai te tenir compagnie un peu tous les

jours, c'est promis. Tu dois sûrement t'ennuyer plus que moi…

À ces mots, quelque chose d'extraordinaire se produit.

Le sol se met à trembler. Les roches grondent, remuent puis se soulèvent.

L'énorme chien qui, il y a un instant encore, semblait assoupi, se lève et s'étire. Ses mouvements font craquer l'épaisse armure de pierre qui le recouvrait.

Un beau chien à la fourrure grise et aux yeux dorés apparaît !

La terrible punition

Le chien est aussi grand que Margot !

Bouleversée, la pauvre petite n'arrive pas à émettre un son. Elle tourne son regard vers sa mère. Mais celle-ci s'est endormie.

D'une voix rauque, la grande bête dit à Margot :

— Merci ! Je désirais ce moment depuis longtemps. En m'adressant la parole, tu as brisé le maléfice. Maintenant, je dois partir. Adieu !

Comme la fabuleuse bête s'éloigne, Margot retrouve son sang-froid. Elle court la rejoindre.

— Attends, grand chien ! Attends ! Je m'ennuie ici. Où vas-tu ? Comment t'appelles-tu ? Pourquoi étais-tu un chien de pierre ?

— Doucement, petite, sourit le chien. Tu parles trop vite. Je suis encore un peu engourdi. Je m'appelle Ludovic. Et je m'en vais retrouver Belle, ma fiancée.

Margot est emballée. Enfin quelque chose d'excitant !

— Moi, je m'appelle Margot. Laisse-moi t'accompagner, Ludovic.

— Impossible. L'endroit où je vais est trop dangereux.

— Je n'ai pas peur. Je t'ai aidé une fois. Tu pourrais encore avoir besoin de moi. Allez, je t'en prie, emmène-moi !

Le chien gris regarde Margot dans les yeux et soupire.

— C'est bon, petite. Tu m'as l'air d'être une coriace. Monte sur mon dos. Nous irons ensemble au pont du Jour, là où Belle doit m'attendre.

Le chien traverse la plage à grandes foulées. Margot est secouée à chaque pas. Elle voit

derrière elle sa mère qui dort encore. Pourvu qu'elle ne se réveille pas avant son retour !

Ludovic dit à Margot :

— Accroche-toi, nous allons gravir la colline.

Margot n'a rien a craindre, la colline monte en douceur. Elle serre le cou du chien et garde les yeux ouverts.

Au sommet de la colline, le chien reprend son souffle.

— Ouf ! Ça fait du bien de se dérouiller les jambes… enfin, les pattes. Et de respirer le bon air. J'ai été sept longs mois prisonnier de la pierre, Margot. Et laisse-moi te dire que je n'avais rien fait pour mériter un tel châtiment.

— Que s'est-il donc passé ? demande Margot.

Ludovic poursuit son chemin.

— Tu dois d'abord savoir que dans la forêt vit une créature malveillante. Son nom est Miranda. Elle prend souvent l'apparence d'une biche, et un de ses plus grands plaisirs est de jouer des tours. Un jour, il y a sept mois, un petit garçon s'était perdu dans la forêt. Il pleurait. Pour se moquer de lui, Miranda l'a accroché par le fond de son pan-

talon à la plus haute branche d'un grand érable.

— Pauvre petit ! s'exclame Margot.

— Tu as raison, ce n'était pas drôle du tout. Moi, je passais par là. Comme j'ai

entendu ses pleurs, j'ai escaladé l'arbre et fait descendre l'enfant. Mais la biche m'avait vu. Insultée que j'aie osé défaire ce qu'elle avait fait, elle s'est ruée sur moi. Dans la bataille, elle s'est déchiré l'oreille. Pire encore, elle a perdu la belle émeraude qu'elle avait au cou. Sa pierre avait roulé jusque dans la rivière qui coule sous le pont du Jour. Elle est devenue si enragée que, pour me punir, elle m'a jeté un sort :

Pauvre andouille, petit morveux,
Tu pourrais mourir, si tel était mon vœu.
Mais comme je suis bonne, au fond,
Je t'accorde sept années de réflexion.
Tu iras les passer au bord de la mer,
Sous la forme d'un chien de pierre.

Je savais que les pouvoirs de la biche étaient immenses. Mais je pensais à Belle, ma fiancée.

Qu'allait-elle se dire si elle ne me voyait jamais revenir ? J'ai demandé à Miranda la faveur de revoir Belle une dernière fois. Elle m'a répondu :

Ne crains rien pour ta douce,
Elle t'attendra, rassure-toi.
Entre l'écorce et la mousse
Au pont du Jour elle dormira.

Ce sont les dernières paroles que j'ai entendues. L'instant d'après, j'étais devenu un chien de pierre, là où tu m'as trouvé.

— Pauvre, pauvre Ludovic ! s'exclame Margot, émue. Sept mois ! Moi, j'ai été une fois en retenue après l'école. Juste une heure. Et je me suis vraiment ennuyée !

Margot trouve la biche bien cruelle. Elle souhaite ne jamais la rencontrer !

— Où se trouve le pont du Jour, Ludovic ? demande-t-elle. Est-ce encore loin ?

— C'est au cœur de la forêt, petite. À l'entrée du domaine de Miranda. Nous approchons.

3

Animaux en danger

Margot et le grand chien gris marchent côte à côte.

Ils ont traversé un champ ensoleillé et cheminent maintenant sur un sentier bordé d'arbres. Bientôt, ce sera la forêt.

Margot frissonne. Elle se dit qu'elle aurait peut-être dû rester auprès de sa mère, après tout. Si jamais ils croisent Miranda, que se passera-t-il ?

Soudain, au bord du sentier, Margot entrevoit un petit quelque chose qui remue dans le feuillage.

Curieuse, elle s'accroupit.

— Beuh ! s'exclame-t-elle. Un serpent !

Le chien s'approche.

— Non, il s'agit d'une couleuvre. Ce n'est pas venimeux.

— Mais… on dirait qu'elle est coincée sous une pierre.

— Ne perds pas ton temps avec cette bestiole, Margot. Viens, continuons.

Margot n'a pas le cœur de laisser la couleuvre prisonnière. Elle soulève délicatement la pierre. Aussitôt, le reptile s'échappe. Et, dans le bruissement des feuilles, Margot croit entendre une petite voix qui murmure :

— Merci ! Je te le revaudrai.

La petite fille et le chien reprennent leur route. Bientôt, un sifflement, ou un gazouillis, se fait entendre. Margot tend l'oreille. Elle examine les alentours et découvre un minuscule oisillon, perdu entre les branchages, au sol.

— Pauvre petit ! compatit-elle. Il a dû tomber de l'arbre.

Elle lève les yeux.

— Je vois son nid, il n'est pas très haut. Attends-moi, Ludovic. Je vais remettre le bébé oiseau dans sa maison…

— Non, non ! grogne le chien. J'ai hâte d'arriver à destination. Laisse-le, sa mère s'en occupera.

Margot ne l'écoute pas. Elle prend l'oiseau dans un mouchoir et s'agrippe déjà aux branches. Margot est douée pour l'escalade. Elle grimpe aisément jusqu'au nid et pose l'oisillon auprès de ses frères et sœurs.

Au même moment, la maman oiseau arrive pour prendre soin de son petit.

Une voix légère murmure tout bas :

— Merci, je te le revaudrai !

Margot est intriguée. Quelques pas plus loin, le chien n'a rien entendu.

Elle hausse les épaules et le rejoint.

— Tu vois, fait-elle, le petit oiseau est sauvé. Et ça ne m'a pris que deux minutes.

— C'est bon, ronchonne Ludovic. Mais, dorénavant, il ne faut plus nous arrêter. Nous approchons du pont du Jour. Reste près de moi.

Le pont du Jour

Dans la forêt, les odeurs et les bruits sont différents.

Margot n'est pas du tout rassurée. Elle marche auprès du chien, la main posée sur son encolure.

Tout à coup, une longue plainte leur glace le sang. Margot s'immobilise.

Ludovic reste attentif.

— C'est le cri d'un animal blessé, fait-il.

— Nous… devrions aller voir, Ludovic.

— Petite, tu me fais perdre mon temps.

— S'il te plaît ! Écoute, on l'entend encore !

— D'accord, soupire le chien. Allons-y.

Dans un fossé, un jeune renard a la patte prise dans un piège. Il tremble de fatigue et de douleur.

— Il va mourir si on le laisse ici, s'émeut Margot. Nous devons le sauver !

— Dans ce cas, approche doucement. Ne l'effraie pas. Et prends garde au piège.

Margot réussit à libérer le beau renard, qui

s'éloigne en boitant. Il s'arrête un peu plus loin, puis se retourne vers Margot. Cette fois, elle l'entend clairement prononcer les mots mystérieux :

— Merci, je te le revaudrai !

— Tu as entendu, Ludovic ? Le renard a parlé !

— Hein ? Non, je n'ai rien entendu. Que veux-tu dire ?

Quand Margot tourne à nouveau les yeux vers le renard, il a disparu dans la forêt.

— Je t'avais prévenue, Margot, fait le grand chien. C'est un endroit bizarre ici. Préfères-tu que je te ramène à tes parents ?

Margot hésite. C'est vrai qu'elle aimerait revoir son père et sa mère. Mais la curiosité l'emporte sur la peur. Courageuse, elle dit :

— Tu me ramèneras quand tu auras retrouvé ta fiancée, Ludovic.

Et tous deux reprennent leur chemin.

Au bout d'un moment, le grand chien se met à courir.

— Là-bas ! s'écrie-t-il tout joyeux. J'aperçois le pont ! Viens, petite !

Margot s'élance à son tour.

Le pont du Jour est une petite passerelle de bois lancée au-dessus d'une rivière mouvementée. L'endroit est charmant, mais personne n'y attend Ludovic.

Comprenant la tristesse du chien, Margot appelle de toutes ses forces :

— Belle ! Beeelle ! Youhou ! Ludovic est arrivé !

Enfin, quelque chose bouge de l'autre côté du pont. Une haute silhouette s'approche. C'est une grande biche. L'une de ses oreilles est déchirée de bas en haut.

Miranda !

5

Un lieu dangereux

La biche a le regard mauvais.

— C'est toi, petite crapaude, qui hurles ainsi ? Tu tiens donc à me briser la dernière oreille qui me reste ?

Ensuite, elle aperçoit Ludovic.

— Tiens, tiens ! Ce cher Ludovic ! Tu es en avance au rendez-vous, mon ami.

— Je ne suis pas ton ami, Miranda. Que veux-tu dire ?

— Je ne sais pas par quel prodige tu as été libéré, mais tu n'as fait que quelques mois sur les sept années prévues. Tu n'es pas près de revoir ta fiancée, mon cher…

La biche ajoute d'un air malicieux :

— C'est pour cette raison que tu es encore un misérable chien !

Ludovic est fou de colère. Il s'écrie :

— Où est Belle, méchante sorcière ? Où la caches-tu ?

— Mais je ne la cache pas du tout. Regarde, elle t'attend toujours…

Miranda désigne du menton un arbre tout proche. Le tronc a un aspect étrange. On dirait une forme humaine.

— On dirait… une jeune fille dans l'arbre ! s'étonne Margot.

Ludovic ne dit rien. Il fixe l'arbre avec épouvante. Enfin, il articule :

— C'est Belle ! Que lui as-tu fait, Miranda ?

— Je lui ai rendu service, Ludovic. Ainsi, elle dort et ne voit pas le temps qui passe. Mais, pour l'instant, j'ai un autre problème à régler…

La biche se tourne vers Margot. Son sourire laisse entrevoir ses petites dents pointues.

— Quant à toi, sale vermisseau frisé, tu t'es mêlée de ce qui ne te regardait pas. En aidant la couleuvre, l'oiseau et le renard, tu as osé libérer trois coquins à qui j'avais joué un tour. Sans compter que c'est sans doute grâce à toi que Ludovic est sorti de la pierre. Tu dois payer pour ton audace.

Margot est blanche de peur. Miranda lui souffle à l'oreille :

— Toutefois, je veux bien te donner une chance. Essaie de retrouver la belle émeraude que Ludovic m'a fait perdre il y a sept mois au fond de la rivière. Si tu réussis, tu seras libre. Si tu échoues, tu seras transformée en statue de pierre. Je te donne jusqu'à demain.

— Non, n'y va pas, Margot ! s'écrie le chien. Cette rivière est redoutable. Tous ceux qui s'y sont risqués ont été emportés par le courant.

La biche s'éloigne en ricanant :

— Laisse donc faire cette petite, mon ami. Elle semble avoir beaucoup de courage…

— Reste avec moi, Margot ! supplie Ludovic.

Margot s'approche de la rivière. Non pas pour y plonger, mais parce qu'elle a vu quelque chose briller dans l'herbe. Quelque chose qui s'agite et se tortille.

C'est la petite couleuvre ! Margot n'en revient pas :

— Oh, regarde ! La couleuvre tient une pierre verte dans sa gueule.

— L'émeraude de Miranda ! s'étonne Ludovic.

La biche fait aussitôt demi-tour.

— Quoi ! Où ça ? Qui a mon émeraude ?

La fillette se penche. La couleuvre dépose l'objet luisant au creux de sa main.

C'est incroyable ! La petite bête est allée chercher l'émeraude au fond de l'eau.

— Mon bijou ! s'extasie la biche. Quel miracle !

Margot se redresse, la pierre entre les doigts. Soudain, un oiseau plonge vers elle et

s'en empare avant qu'elle puisse faire quoi que ce soit.

L'oiseau s'envole, la précieuse pierre au bec, et s'en va narguer Miranda. Le voilà qui tourne au-dessus de sa tête.

— Mon émeraude ! crie la biche. Rends-moi mon bien !

L'oiseau se dirige maintenant vers la rivière tourbillonnante. La biche galope derrière lui.

— Non ! Ne la jette pas à l'eau ! crie-t-elle.

Miranda court jusqu'à la rive. Elle ne voit pas la petite forme rousse qui s'est glissée entre ses pattes. Le renard ! La biche trébuche, s'emmêle les sabots et tombe dans l'eau.

Elle se débat, tente de regagner la rive. Mais les remous sont plus violents que jamais.

Comme si la rivière voulait donner une leçon à la méchante bête. Entraînée par le courant, Miranda disparaît bientôt.

L'oiseau virevolte un moment puis laisse tomber la pierre dans l'eau. Margot le voit s'éloigner en sifflotant.

Le renard roux vient frôler de la tête la jambe de la fillette. Il lui jette un regard doux et s'en retourne tranquillement. Margot n'ose y croire ; trois petites bêtes inoffensives ont vaincu le monstre maléfique !

6

La fin des tourments

Margot et Ludovic se regardent, ébahis. La forêt serait-elle enfin débarrassée de cette terrible créature ?

— Tu vois, dit Margot, c'est une bonne idée de rendre service. Même aux plus petits…

— Tu as raison, soupire le chien. Sauf que, maintenant, Miranda a disparu. Que deviendra Belle ? Le mauvais sort pourra-t-il jamais être rompu ?

Sa voix se brise de tristesse. Il s'approche, le cœur lourd, de l'arbre où Belle est prisonnière.

— Je fais la promesse d'être là quand elle se réveillera. Il ne me reste plus qu'à attendre…

Le grand chien gris se couche aux pieds de sa fiancée.

Émue par tant de tendresse, Margot lui caresse doucement la tête.

Elle regarde l'arbre ensorcelé, puis pose une main sur l'écorce.

— Pauvre Belle ! Qu'as-tu donc fait pour mériter un si triste sort ? Fiancée à un chien et transformée en statue ! Comme je te plains !

Margot se met à pleurer. Ses larmes tombent, une à une, sur le sol et sur les racines. Chacune fait jaillir une mystérieuse petite étincelle.

C'est alors qu'un événement magique se produit : l'arbre change d'aspect ! L'écorce

pâlit,
ondule puis semble
fondre.

Une grande
jeune fille
blonde
apparaît.
Ses cheveux
lui tombent
en vagues

jusqu'à la taille. Elle se frotte les yeux, éblouie par la lumière du jour.

— Ludovic ! Enfin !

À la place du chien gris se tient un beau jeune homme souriant.

— Belle ! Ma Belle chérie !

Margot ne comprend plus rien.

— Chère Margot, lui explique alors Ludovic, avant d'être un chien de pierre, j'étais un homme. L'orgueilleuse biche m'avait doublement puni ! Mais, grâce à toi, nous n'aurons plus à craindre ses maléfices.

Il se tourne vers sa fiancée et ajoute :

— Plus jamais !

Belle sourit à la fillette.

— J'ignore comment tu as réussi, mais je t'en remercie. Maintenant, j'ai hâte d'entendre ton histoire.

Margot rougit. Elle se dit qu'au fond elle n'a fait que rendre service à trois petits animaux. Ce sont eux qui ont été courageux.

Belle et Ludovic raccompagnent Margot jusqu'aux collines qui bordent la mer.

— J'aperçois ta mère qui marche sur la

plage, Margot, dit Ludovic. Va vite la retrouver avant qu'elle ne s'inquiète.

— Vous ne venez pas avec moi ? demande Margot.

Belle lui prend la main :

— Nous avons hâte de revoir nos parents, nous aussi. Ils ont dû nous croire morts ou partis dans un pays lointain…

— Alors au revoir, Belle, au revoir, Ludovic ! dit Margot, un peu triste.

— Au revoir, petite fée !

Quand Margot rejoint sa maman, celle-ci est étonnée de la voir toute seule.

— Où étais-tu, ma souris ? Je te croyais avec tes frères.

— J'étais avec le… avec deux nouveaux amis, maman.

Elle se retient de parler du chien de pierre.

— Je suis contente pour toi, ma poupée. Mais ne t'éloigne pas trop, tout de même. Certains lieux sont dangereux, ici…

Margot tourne son regard vers l'endroit où se trouvait le beau chien gris. Il n'y a plus qu'un amas informe de roches. Pourtant, quand elle s'approche, quelque chose attire son attention.

C'est un petit objet gris et lisse, posé au milieu de sa serviette de plage.

Un cœur de pierre !

C'est quoi, Maboul ?

Quand tu commences à lire, c'est parfois difficile.

Avec **Boréal Maboul,** ça devient facile.

- Tu choisis les séries qui te plaisent.

- Tu retrouves tes héros favoris.

- Les histoires sont captivantes.

- Les chapitres sont courts.

- Les mots et les phrases sont simples.

- Les illustrations t'aident à bien comprendre l'histoire.

Les Éditions du Boréal
4447, rue Saint-Denis
Montréal (Québec) H2J 2L2
www.editionsboreal.qc.ca

MISE EN PAGES ET TYPOGRAPHIE :
LES ÉDITIONS DU BORÉAL

ACHEVÉ D'IMPRIMER EN FÉVRIER 2005
SUR LES PRESSES DE TRANSCONTINENTAL
IMPRIMERIE MÉTROLITHO, À SHERBROOKE (QUÉBEC).